CATALOGUE

ESTAMPES

ANCIENNES

PORTRAITS

Louis XVI, MARIE-ANTOINETTE et Famille

ÉCOLE MODERNE

ÉCOLE DU XVIIIe SIECLE

QUELQUES DESSINS

VENTE

Le Vendredi 13 Février 1880

Me Maurice DELESTRE	M. VIGNERES
COMMISSre-PRISEUR	Md D'ESTAMPES
rue Drouot, 27	rue de la Monnaie, no 21

PARIS — 1880

PORTRAITS

Gravés par Adolphe VARIN

POUR ILLUSTRER

LES GRAVEURS D'ILLUSTRATIONS

PAR

M. le baron R. de PORTALIS et M. H. DRAIBEL

PARAITRONT PROCHAINEMENT

DE LONGUEIL
CHODOWIECKI
DESROCHERS
HOGARTH
BALECHOU
BARTOLOZZI
CHEDEL

FAISANT SUITE A CEUX PUBLIES

POUR

L'ART DU XVIIIe SIÈCLE

De MM. de GONCOURT

ET

LES DESSINATEURS D'ILLUSTRATIONS

Par M. le baron Roger de PORTALIS

Chez VIGNÈRES, rue de la Monnaie, 21, à Paris

Vves Renou, Maulde et Cock, imprs de la Cie des Commissaires-Priseurs,
rue de Rivoli, 144. 3138

				Frais 31-15 %			
13 Mars	Lapeyrie	1320	50	411	35	909	50
				~~[illegible]~~ 0	95		
1 Mars 27 Mars	Fournier portefeuille 8)	621		193	45	427	55
23 Février	Marrel (Léon)	118		36	75	81	25
9 Mars	Lardet	80		24	90 15	55	10
10 Mars	Berthelemy	72	50	22	60	49	90
à son compte	Berger	62		19	30	42	70
8 Mars	Guichard	54		16	80	37	20
25 Févr. 80	Avenin	38	50	12	00	26	20
23. février	Vial	34	50	10	75	23	75
2. Mars	Miltgen	43		13	40	29	60
14 Avril	Balézeaux	11	50	3	58	7	90
		2,455	50	764	80	1690	65

(451e)

CATALOGUE

ESTAMPES

ANCIENNES
DE DIVERSES ÉCOLES
PORTRAITS

CLASSÉS PAR GRAVEURS, PAR NOMS ET PROFESSIONS

Louis XVI, MARIE-ANTOINETTE et Famille

ÉCOLE MODERNE

Planches de cuivre

ÉCOLE DU XVIIIe SIÈCLE

QUELQUES DESSINS

Dont la vente aura lieu

HOTEL DES COMMISSAIRES-PRISEURS

RUE DROUOT, 9, SALLE N° 4

AU PREMIER ÉTAGE

Le Vendredi 13 Février 1880

A UNE HEURE PRÉCISE

Me **MAURICE DELESTRE**, Commissaire-Priseur,
rue Drouot, 27,
Assisté de **M. VIGNÈRES**, marchand d'Estampes,
rue de la Monnaie, 21, à l'entresol,
CHEZ LEQUEL SE DISTRIBUE LE CATALOGUE.

PARIS — 1880

CONDITIONS DE LA VENTE

L'ordre du Catalogue sera suivi.

La vente sera faite au comptant.

Les Acquéreurs paieront CINQ POUR CENT en sus des enchères, applicables aux frais.

M. VIGNÈRES, chargé de la Vente, remplira les Commissions.

NOTA. Toute commission sans prix fixé ou sans limite déterminée sera regardée comme nulle.

M. VIGNÈRES se charge de faire marquer les prix aux Catalogues des ventes qu'il a faites. Les personnes qui le désirent peuvent s'adresser à lui *franco*.

Plusieurs Amateurs éloignés en ont reconnu l'utilité pour les guider dans leurs Achats sur les valeurs des Estampes.

Les Catalogues des Ventes à faire seront envoyés aux personnes qui en feront la demande *affranchie*.

AVIS. — Nous prions MM. les Amateurs éloignés de ne pas attendre au dernier jour, pour que les lettres arrivent le matin de la vente; les lettres étant distribuées après mon départ.

Choix de Catalogues avec prix marqués.

M. VIGNÈRES se charge des Commissions dans les Ventes de Livres et Estampes, autres que les siennes.

Lemeignen 6

Gaden 14 Berard 8 Pitchoukine 13

Deschamp 5.50

Deschamp 3.50

Lind 5

(451e)

CATALOGUE

ESTAMPES ANCIENNES

1 **Audran** (B.). David terrassant Goliath. Deux compositions différentes par Michel-Ange, sur une grande pierre au Muséo du Louvre. 2 p. in-fol.

2 **Beham** (S.). L'Enfant prodigue gardant les pourceaux. — Diane et Actéon, de G. Pencz. 2 p.

3 **Berghem** (d'ap.). Pêche aux écrevisses, par Dankerts. — Le Repos du berger, par Lecharpentier. — Returning from market, par Canot. 3 p. in-fol. Très-belles ép.

4 **Blason**. Armoiries d'Aguesseau, d'Argenson et autres célébrités françaises, réunies dans un vol. in-4. 106 p.

5 — Armoiries des Pairs, Pairesses et autres d'Angleterre. 57 feuilles contenant environ 15 blasons par page.

6 **Bois anciens**. Burgmair, Durer, Petite Passion. 4 p.

7 **Claude Lorrain**. Sun setting. — Sun rising. Deux paysages ovales équarris par Mason et Canot. — A sea port, par Canot. 3 p. in-fol. Très-belles ép.

8 **Dolendo**. Confusio Babulonica. La tour de Babel, grand in-fol.

9 **Durer**. Jésus présenté au peuple, Jésus crucifié et autres, in-fol. d'ap. les pièces sur bois. 4 p.

10 **École italienne.** Le Parnasse, d'ap. Raphaël. — Bacchanale, d'ap. Carrache. 2 p. grand in-fol.

11 — La Madeleine lavant les pieds de Jésus, Descente de Croix, Chute de Phaéton, et autres. 8 p.

12 **École flamande**. Jean Lutma, de Rembrandt. — Résurrection de Lazare, copie de Lucas de Leyde. 2 p.

13 **École française**. Le Prince, et d'ap. Poussin et autres. 12 p.

14 — Estampe du tableau trouvé dans l'église des Jésuites de Billom. In-fol. Très-belle ép., marge.

15 — Sainte Famille. — Les Vestales sortant de Rome. 2 p. d'ap. Bourdon. — Tentation de saint Antoine, grand in-fol. d'ap. Callot, par Picault. En tout 3 p.

16 **Fontana** (d'ap.). Échafaudage pour élever la colonne Antonine, immense in-fol.

Lino 6 Berard 9

Wittert. 5

Deschamps 1.50

Berard 4. Rapilly 8. Veyrac 12 Chaleyer 3.

Pitchoukin 25

Witterl 15 Berard 55.

Berard 6.

Deschamps 1 Line 9

~~Deschamps 1~~

Gaden 15 Berard 13. Pitchoukin 25

Berard 3.50 Hougard 11 Hidon 3

17 **La Fage** (d'ap.). Combat de saint Michel contre les anges rebelles, très-grand in-fol. par Simmoneau.

18 **Le Brun** (d'ap.). La Pentecôte, très-grand in-fol. par Audran. Très-belle ép., marge.

19 — La Tente de Darius, très-grand in-fol. avant la lettre. — Moyse épousant Séphora, grand in-fol. par B. Audran. 2 p.

20 **Londersel**. Paysages où se trouvent des scènes bibliques et de l'histoire de Jésus : Chaste Suzanne, Jésus guérissant l'aveugle, Le bon Samaritain, et autres. 9 p. grand in-fol. Très-belles ép.

21 **Meulen** (d'ap. Van der). Grande bataille, dédiée au duc de Chevreuse.

22 **Raphaël** (d'ap.). Les Loges du Vatican, arabesques gravées sous la direction de Choffard. Vol. in-fol., texte et 17 pl., 1813, cart.

23 — Voûtes des Loges, gravées en Italie. 25 p. in-fol.

24 **Rembrandt**. Résurrection de Lazare, Annonce aux bergers, etc. 9 p. par et d'après.

25 **Rubens** del. d'ap. Léonard de Vinci. La Cène, le Christ la tête penchée à droite, sans marge. — La même en contre-partie, avec marge. 2 p., chacune en deux feuilles jointes.

26 — La Chute des réprouvés, très-grand in-fol. par Suyderhœf. Très-belle ép. sans marge.

27 **Silvestre** (J.). Vue du vieux château de Rouen Très-belle ép. petite marge.

28 — La Bastille, l'Hôtel de Ville, les Tuileries, etc. 10 p.

29 **Divers**. Circoncision, par Goltzius; Vision de saint François, de Baroche, etc. 7 p.

PORTRAITS

CLASSÉS PAR GRAVEURS

30 **Alix**. Fénelon, Lamoignon Malesherbes, J.-J. Rousseau. 3 p. ovales grand in-4 en couleur.

31 **Audouin**. Louis XVIII, debout en pied, en manteau royal. Très-grand in-fol. d'ap. *Gros*. Superbe ép., marge vierge.

32 **Barbery** (L.). Mme de Miramion, in-fol.

33 **Boilly**. Membres de l'Institut. 19 lithog.

34 **Bruggen**, 1682. Madama Osorio de Villasco, manière noire, in-fol., d'ap. *De Largillière*.

35 **Cars**. Charles, archevêque de Cambray. In-fol. d'ap. *S. Belle*. Très-belle ép., marge.

36 — Grands-Maîtres de Jérusalem. 7 p. in-4.

37 **Colin** (J.), *sculp. Remis*. Jac. Thuret. Eccl. de Reims, in-fol d'ap. *Helar*. Sans marge.

38 **Cossin**. Valentin Conrart. Très-belle ép. sans marge.

39 **Dejabin** (Collect.). Députés de l'Assemblée nationale, 1789. — 9 p.

40 **Drevet**. Dom Denis de Ste-Marthe. — Cardinal d'Estrées, en pied. 2 p. petit in-fol.

Deschamps 1.

Deschamps 1. Lemeignen 3.50

Duperray 12

Ptchoutkin 35

Deschamps 1.

Deschamps 1. Delaville Leroux 10.50

Givelet . ~~Lorignet~~

~~Haillant 6~~
~~i: Haillant~~
~~Seul~~
Dervaux 6

Pitchoukin 8

Rapilly 12. Dervaux 7 Pitchoukin 20

Rapilly 12 Dervaux 9

Lemeignen 2

Duperray 4

P. Arbaud 15

Dervaux 6

Rapilly 12 Pitchoukin 12

41 **Duchange**. F. Girardon, sculpteur. — Ant. Coypel, peintre, par *Massé*, 2 p. in-fol.

42 **Duflos**. Pierre Bouchu. In-fol., rare, sans marge.

43 **Dyck** (d'ap. V.). Albert d'Aremberg à cheval. In-fol.

44 **Edelinck**. Anne-Jules de Noailles, maréchal de France. In-fol., marge.

45 **Ficquet**. La Fontaine des fables, in-8, d'ap. *Rigaud*. Très-belle ép.

46 **Gaucher** 1802. Fanny Beauharnais. In-12, superbe.

47 — Demoustier. — Le même par *Tardieu*, très-belle ép. 2 p. in-8.

48 — Fénelon. Très-belle ép., in-12.

49 — Soret. In-12, très-belle ép.

50 **Gunst**. Louis grand dauphin. In-fol., superbe.

51 **Lamsweerde**. Anne-Marie Schurman. In-fol., belle ép.

52 **Landry**. Ant. Godeau, évêque de Vence. Petit in-fol.

53 **Larmessin** 1663. Anne d'Autriche. In-fol., très-belle ép. sans marge.

54 **Lawrence** (d'ap.). Charles X en pied, debout, manière noire, par *Turner*. Très-belle ép.

55 **Lépicié**. Philbert Orry, contrôleur des finances, in-fol., d'ap. *Rigaud*. Belle ép.

56 **Lochon**. Robert Arnauld d'Andilly, in-4, d'ap. *Champagne*.

57 **Manière noire**. Kneller, par *Schenk*. — Vasseur, par *Gole*. — Victor Amédée, Weigel ex. 3 p. petit in-fol.

58 **Moncornet**. J.-L.-Ch. d'Orléans-Longueville, comte de Dunois. In-4 octogone, belle ép. remargée.

59 — Célébrités françaises et étrangères. 65 p.

60 **Muller**. Charles VII, roi des Romains. — Marie-Amélie, sa femme. 2 p. petit in-fol. superbes.

61 **Nanteuil**. Bouthillier (R. D. 55). — Coislin. — P. Dupuy. — Maurice Le Tellier. 4 p.

62 — Mazarin (179). — F. de Neuville. — Louis de Vendôme-Mercœur (189). 3 p.

63 **Pagnier** 1879. De Roqueleyne. Eau-forte in-8 sur Chine, marge in-4.

64 **Petit**. Marie-Gabrielle de la Fontaine Solare de la Boissière, d'ap. *La Tour*. Belle ép. in-fol.

65 **Pitau**. Saint Vincent de Paul, in-fol., d'après *S. Françoys*.

66 **Poilly**. Thèse du duc d'Orléans. — Le médaillon de Lamoignon présenté à la France. 2 p. très-grand in-fol.

67 **Prevost**. Hue de Miromenil, in-4, d'ap. *Cochin*. Très-belle ép.

68 **Rousselet**. Duc de Lorraine. — Balzac de Vallet. 2 p. petit in-fol.

69 **Schuppen** (Van). Barcos. — Thomassin, in-4. — Reine, statue dans une niche, orné. 3 p.

70 — Louis XIV étant jeune, in-fol. d'ap. *Vaillant*. 1er état avant les cheveux allongés.

Litchfield 4

Dervaux 13. Deschamps 10. Lemeignen 12
Pitchoukin 20 Gavon 16

Nicolle 6

Houzard 5 Nicolle 2.

Dervaux 6

Voullant 21

Lemeignen 10. Deschamps 2.50

Lemeignen 10. Deschamps 1.50

Rapilly 10

Dervaux 5 Houzard 5

Nicolle 6

ou

6

71 **Vallet.** Thèse. Louis XIV entouré de figures allégoriques, immense in-fol. d'ap. *Paillet*. Ép. malade.

72 **Vangelisty** (Collection). Célébrités diverses. In-4, 20 p.

73 **Vérité**. Célébrités de la Révolution. 17 p. in-8.

—

PORTRAITS

CLASSÉS PAR NOMS DE PERSONNAGES

74 ***Beaulieu.*** Acteur, ovale in-4 en couleur par *Vérité*. Très-belle ép., rare.

75 ***Bourgogne*** (Berceuse de M. le duc de), petit in-fol. *G. Valk exc*. Superbe.

76 ***Cagliostro*** (Comte de). — Cardinal de Rohan. 2 p. petit iu-4.

77 ***Conti*** (Fortunée-Marie-d'Est, princesse de), rond in-8. — Louis-François-Joseph, prince de Conti. Grand in-8. 2 p.

78 ***Hue*** de Miromenil, par *Anselin* — et par *Delvaux*. 2 p.

79 ***La Borde*** (Benjamin de), auteur des chansons. Très-petit ovale, par *Née an* 10-1802. Très-rare.

80 — In-4 par *Moreau* le jeune, d'ap. Denon, remargé. Très-belle ép.

81 ***Lamartine***, par *Lévy* avec dédicace, signée Lamartine, et autres. 7 portraits et 13 paysages inspirés par ses poésies. 20 p.

82 ***Lamballe*** (Princesse de), par *Roosing* — *Verité* — *J. Porreau*, d'ap. Gabriel. 3 p. in-8.

83 ***Lamoignon*** de ***Malesherbes***, ovale en couleur, par *Alix*. Petit in-fol.

84 ***La Valette***, Grand maître entouré de figures allégoriques, in-4. Rare.

85 ***Le Noir***. Lieut.-général de police, grand in-8. Superbe.

86 ***Louis XVI***, comme dauphin, par *Gaucher*, — comme roi, par *Le Beau*. 2 p. Grand in-8.

87 — Par *Audouin*. Petit in-fol. Superbe ép., marge.

88 ***Marie-Antoinette***, dauphine de France, rond entouré de roses, in-4 en rouge, chez *Denos*.

89 — De profil à gauche, ovale entouré de roses et de lys. Grand in-8, par *Hubert*.

90 — Dirigée à droite, in-fol., par *Le Beau*, d'ap. Fossier. Très-belle ép.

91 — Dirigée à gauche, in-fol., par *Ch. Duponchel*, d'ap. Du Creux. Très-belle ép.

92 ***Marie-Antoinette*** reine. Profil à droite, ovale, in-4, avant toute lettre.

93 — A mi-corps, d'ap. Mme Lebrun, par *Shenker*, ovale, petit in-fol., coiffure avec plumes. Très-belle.

94 — Dans un rond surmontant un bas-relief, scène de ses adieux à sa famille. Petit in-fol.

Lemeignen 4.

Derray 5 Rapilly 10

L. B. Conrard 8.

Conrard 10

Veyrac 30 Lemeignen 10 L. B.
ou
— 30 L. B

Rapilly 20 L. B.

Pitchoulin 12. Rapilly 12 L. B

L. B.

Courand 6 L. B La

Courand 10 L. B Lap

L. B Lap

Lemeignen 5 Lap

Lap

Lap

Lap

Lap

Pitchoulin 5 Lap

Lap

Lap

Lap

95 **Marie-Antoinette** et Louis XVI dans un rond, in-8, au bas quatre vers. Superbe, toute marge.

96 — Appuyée sur le piedestal du buste du roi, ovale. Grand in-8 en bistre, les figures coloriées.

97 **Marie-Antoinette**, offrant le dauphin à la France à genoux, allégorie. Superbe ép. d'une belle pièce rare, in-fol., chez *Joullain.*

98 — Entourée de figures allégoriques, présente le dauphin à la France à genoux, ovale équarri orne, d'ap. *Cochin,* par *De Longueuil*, remargé.

99 — Tenant son fils devant le buste du roi. Petit in-fol. en couleur, par *Janinet*, d'ap. *Huet.* Les sentiments de la nation.

100 **Marie-Thérèse**-Charlotte de France, fille de Louis XVI. Petit in-fol. en couleur, par *Mechel.*

101 **Elisabeth** de France. Très-petit rond sur un tombeau avec figures allégoriques, in-8. Très-belle et rare,

102 — Ovale par *Massol,* — ovale équarri, par *Portman.* 2 p. in-8. Très-belles ép.

103 — Ovale in-4, par *Bouillard*, d'ap. Mme Guiard.

104 **Charles** (comte d'Artois). in-4 avec attributs, par *Dupin* fils. Superbe.

105 **Louis** Stanislas-Xavier, in-fol. manière noire, par *Brookshaw.*

106 — Comte de Provence à cheval. Petit in-fol., rare.

107 — De face, ovale, in-4 avec armoiries au bas, avant toute lettre. Très-belle ép.

108 **Marie** (J.-Louise de Savoie), comtesse de Provence. Grand in-fol., par *Hubert.*

109 **Maintenon** (marquise de). In-12. Belle ép.

110 **Mallet du Pan.** In-fol. par *Heath,* d'ap. *J.-F. Rigaud,* remargé.

111 **Marie Leczinska.** Joli portrait in-12. Belle ép.

112 **Maupain** (Mlle) dansant à l'opéra. Petit in-fol. coloriée, rehaussée d'or, chez *Mariette.*

113 **Maurepas** (comte de). Grand in-8, par *Dupin.*

114 **Mirabeau** mourant, allégorie, la France le console, in-4 en travers colorié, au bas sont les armes de France rayonnant. Superbe, très-rare.

115 — Médaillon soutenu par le Temps et la Vérité, la France pleure, in-fol, en travers.

116 **Penthièvre**(duc de). Grand in-8, par *Dupin.*

117 **Polignac** (duchesse de). In-4 par *Smith,* d'ap. *Fisher,* rare.

118 **Scaramouche** chez *Bonnart,* — chez *Le Blond.* 2 p. en pied. Petit in-fol.

119 **Turgot.** Profil à droite, par *Dupin.* — Profil à gauche. 2p., grand in-8.

120 **Vergennes** (comte de). Petit in-8 par *Gaucher.* Autre petit rond. 2 p.

121 **Voltaire** à différents âges, anciens et modernes, 27 p.

Nicolle 4.

Gaden 15 L. B

P. Arbaud 20

Nicole 2.
Pitchouchin 10 Rapilly 10 Veyrac 20 Mourier 6 Chalupin 3

Sainctelette Bourges 15

E. Lambert 50. Deschamps 3.50 Seior 4.

Deschamp 1

Deschamp 1.50

Deschamp 3

F. Petit 37 Deschamp 4

F. Petit 5. Deschamp 2

F. Petit 11 Deschamp 2.50

Deschamp 3

Deschamp 2.50

Lemeignen 40 Deschamp 5 chaque

Deschamp 6 chaque

Deschamp 6 chaque

Deschamp 5.50

PORTRAITS

CLASSÉS PAR PROFESSIONS

122 **Portraits** d'Alsaciens, Historiographes, Médecins, Professeurs, Président de l'Académie, Pasteurs, de la ville libre de Strasbourg, etc. 15 p.

123 — Lesage 5, abbé Prévost de Wille — Marivaux, etc. 10 p. in-8.

124 **Acteurs** et Actrices, in-fol. lithog. 10 p.

125 — du Théâtre-Français, Le Kain, Fleury, Talma et autres, 27 pl. gravées et lithog.

126 — Actrices du Théâtre-Français, gravées et lithog. 37 p.

127 — Acteurs, chanteurs, etc. 19 p.

128 — Actrices, Cantatrices, etc. 20 p.

129 **Députés** et autres célébrités de la Révolution, de Bonneville, Claessens, Fiesinger, etc. 33 p.

130 — A la Convention, Directoire et autres célébrités de la Révolution, Bonneville, etc. 28 p.

131 **Ecrivains**, Littérateurs, Savants du XVIIe siècle, gravés par Edelinck, Savart, etc. 79 p. 2 lots,

132 — Poëtes, Littérateurs, Savants XVIIIe siècle, Philosophes, etc. 151 p. gravées, 3 lots.

133 — Littérateurs, Poëtes, Politiques, Dramaturges, etc., XIXe siècle, 117 p. gravées et lithog. 2 lots.

134 — Littérateurs et Savants étrangers, 31 p.

135 **Evêques** et Archevêques de Paris, de Pierre cardinal de Gondy jusqu'à Monseig. Sibour, 25 p.

136 — Cardinaux, Théologiens, Clergé, etc., 38 p.

137 **Femmes célèbres**, par Daret, Moncornet, etc., 42 p. 2 lots.

138 — Littéraires, gravées, 15 p.

139 — Charlotte Corday 5 — Mme Roland 5 — en tout 10 p.

140 — De la Révolution, Marie-Antoinette — princesse Lamballe — Recamier, Sombreuil, Tallien, etc., 17 p.

141 — D'Autriche, Prusse, etc., 12 p.

142 **Généraux** de la Révolution, de Bonneville, etc., 22 p.

143 **Médecins**. Quesnay, par Wille, etc. 6 p.

144 **Orléans** (Famille d'). Louis-Philippe et ses enfants, Médailles in-4. Procédé Collas d'ap. Barre, 1832 — 13 p.

145 **Rois** de France. Louis XIV, et Famille des Bourbons. Ministres, personnages politiques et étrangers de l'époque. 36 p.

146 **Célébrités** diverses, par Desrochers, Odieuvre, 43 p.

147 — Personnages anglais et suédois, 55 p.

148 — Espagnoles, Charles-Quint, etc., 46 p.

149 — Italiennes et de Savoye, 11 p.

150 — Autriche, Prusse. Frédéric le Grand, etc., 82 p.

151 — Comte d'Arundel, de Tardieu. Epernon, Charles III d'Espagne, etc., 13 p.

Nicole 15. Deschamps 2.50

Deschamps 3.50

Deschamps 3 chaque Lemeignen 20.
10.50

Deschamps 2

Deschamps 1.

Deschamps 2.50 Lemeignen 10

Deschamps 1.

Deschamps 2.

Ptchoutrin 6 Deschamps 1.

Deschamps 1.

Deschamps 4.

Deschamps 5. Lemeignen 20

Deschamps 4.

Deschamps 3.

Deschamps 1.

Deschamps 6.

Deschamps 1.

Deschamps 4.50

Lemeignen 25 Deschamps 3.50

Deschamps 1.50

Deschamps 4 chaque
32

Deschamps 3.50

152 Réunion de Portraits et Vignettes pour illustrer Millevoie, etc., 2 p. avant et avec la lettre, Chine et blanc, etc., 72 p.

153 Réunion de Portraits pour illustrer le journal de Mathieu Marais, anciens et modernes, Desrochers, Odieuvre et autres, 58 p.

154 **Portraits** en pied. Duc de Montpensier, lithog. — Marie-Louise par Godefroy — Eugénie imp., par Léon Noël, etc., 4 p. grand in-fol.

155 — Augereau, Berthier, Fouquet, in-8. Kosciusko, petit in-fol. 4 p.

156 — Pils, François Ier, Rachel, Balzac, etc., 5 p.

157 — Divers, Gilbert, Louis XVI, Cardinal de Retz, Comte de Tressan, 4 p. in-8.

158 — Georges Sand 3. Fénelon, Corneille, Marquise de Verneuil, etc., 10 p.

159 — Célébrités diverses, gravées et lithog. 62 p. 2 lots.

160 **Portraits** divers anciens, 26 p.

ÉCOLE MODERNE

161 **Anonyme.** Le grand Frédéric et son état-major, immense in-fol. Très-belle ép. sans marge.

162 **Anselin.** Molière lisant son Tartuffe chez Ninon de l'Enclos. Grand in-folio d'ap. *Monsiau.*

163 Antiquités arabes d'Espagne, Alhambra, Cordoue, 31 p.

164 Recueil d'Antiquités, environ 120 planches.

165 **Auger** 1822. L'acteur de province — Le poëte inspiré. 2 lith. petit in-fol.

166 **Cabanel** (d'ap.). Naissance de Vénus ? Cinq Amours voltigeant, eau-forte avant la lettre sur Chine.

167 **Concours décennal** et autres, la Justice divine d'ap. *Prudhon*, le Sacre et autres, 25 p.

168 **Delacroix** (Eug.). Le Tigre couché, et d'ap. lui par *Fr. Villot*, Gluck, Jésus au jardin des Oliviers, le Christ descendu de la Croix, etc., 5 p. à l'eau-forte.

169 **Delaroche** (d'ap.). Richelieu — Mazarin, 2 immenses compositions, manière noire par *Girard*. Très-belles ép.

170 **Demarne** (d'ap.). Vue d'une grande route près Paris. Grand in-fol. par *Devisme*, belle ép.

171 **Eaux-fortes modernes** par Laemlein, Massard, etc. 10 p.

172 **Estampes modernes**. Déluge, Sacrifice de Noé, Miriam, Salvator mundi, Vierge et Jésus, Un petit souper du Régent, etc.

173 **Fragonard** et Jules de Joly. Ornements et bas-reliefs de sculpture. 16 p. lithogr. in-fol.

Dervaux

Deschamps 2.50

Deschamps 6.50

Hédon 5

Deschamps 2.50

Lind 50 Pitchoubin 75
St. Peters op

Deschamps 1.

Deschamps 1.

		Ava
	Deschamps 3	Lap
	Hedmer 10	Mar
L. B.	~~Berard 53~~	F.
Berard 53	Rajutly 20	F.
	Lind 8	F.
		F.
	Deschamps 2.50	Ma
		F.
	Deschamps 2	Gui
		F.

174 **Gudin**. Bateau à vapeur, Embarquement, Sauvetage, etc. 13 lithogr. grand in-fol., quelques doubles.

175 **Guillaumot** père (A.). Costumes d'Incroyables et Merveilleuses, et le portrait de M. Victorien Sardou. 21 p. à l'eau-forte, superbes, toute marge.

176 **Isabey**. Voyage en Italie, 20 lithog. superbes.

177 **Jazet**. Louis XVI recevant le duc d'Enghien au séjour des bienheureux, d'ap. *Roehn*, avant la lettre. — Le même avec la lettre, 2 manières noires. Très-grand in-fol. et l'explication. 3 p.

178 — Salon de 1823. S. M. Charles X distribue les récompenses aux artistes, d'ap. *Heim*, manière noire, immense in-fol., superbe.

179 — La pêche miraculeuse. — Jésus endormi au milieu de la tempête, 2 manière noire, immense in-fol., très-belles.

180 — Judith, d'ap. *Allori*, grand in-fol., marge.

181 **Julienne**. Musée Napoléon III. Collection Campana Bijoux. 42 lithog.

182 **Konig**. La Dauphine à ses derniers moments, d'ap. *Beaune*, belle ép. avant la lettre, la marge déchirée.

183 **Lithographies**. Sujets, Vues, Paysages. 28 p.

184 — Corinne, par *Aubry Lecomte*, Joas sur le trône, Le Christ descendu de la croix, etc. 4 p. grand in-fol.

185 London interior, Costumes et Cérémonies, Les sept âges de Shakespeare. En tout 9 livraisons.

186 **Mesnard** (Jules). Merveilles de l'Exposition universelle 1867. Livraisons 1 à 20, 23, 25 et le tome second.

187 **Morel**. Serment des Horaces, d'ap. *David*, grand in-fol.

188 Musée Réveil. 98 livraisons.

189 Orfévrerie et ouvrages en métal du moyen âge, mesurés et dessinés d'ap. les anciens modèles, vol. de 100 pl. in-fol. Bruges, 1852, cart.

190 **Ornements**. Animaux, Chevaux, Études de Paysages, etc. Environ 100 p.

191 — de Villemin, de Th. King, Liénard, Riester, Antiquités, etc. Environ 80 p.

192 — de Lafosse, Trophées, Vases, Sujets religieux et autres. 89 p.

193 **Prudhon** (d'ap.). La Justice et la Vengeance divine poursuivant le Crime. Très-grand in-fol. par *Gelée*.

194 **Rambert**. Les Saisons, 4 p grand in-fol. lithog.

195 Recueil de décorations intérieures et ameublements, par *Percier* et *Fontaine*, 1812, vol. in fol de 72 p. et texte.

196 **Robert** (d'ap. Léopold). Les Moissonneurs. — Fête de la Madone de l'Arc. 2 p. immenses in-fol. par *Prevost*. Très-belle ép.

197 **Steube** (d'ap.). Retour de l'île d'Elbe, immense, manière noire, avant toute lettre.

Deschamp 1.

Deschamp 3.

~~Pitchoukin~~ 25
non

Deschamp 10.50
Deschamp 4.50

Deschamp 4.

Deschamp 3.50

Pitchoukin 30

Hidou 3

Deschamp 3.50

Lind 32 Pitchoukin 75 Berani 18 Rapilly 42
[illegible]

Pitchoukin 35

F.

F.

Gui

Gui.

Bert

Bert

Bert

Ber

Bert

Bert

Ber

Ber

Ber

Ber

Ber

Aven

AB.

Gui

F.

198 **Vernet** (d'ap. Carle). Mort d'Hyppolite. — Retour de la course. 2 p. immenses in-fol. par *Godefroy*.

199 **Willman**. Les Saisons. 4 paysages en hauteur in-fol. à l'eau-forte, toute marge.

200 **Vues** de France et autres, Sujets divers. 28 p.

201 — de Suisse en couleur, Italie, etc. 32 p.

202 **Vues** anciennes de St-Germain-en-Laye par Perelle, Silvestre et autres. 18 p.

203 — de St-Germain-en-Laye, gravées. 20 p.

204 — de St-Germain-en-Laye, gravées et lithog. 30 p.

205 — modernes de France. 80 p., 2 lots.

206 **Vues** anciennes des environs de Paris. 15 p.

207 — de Poissy, anciennes et modernes. 20 p.

208 — de Rincy et Chelles. 14 p.

209 — de Rueil et Mont-Valérien. 13 p.

210 — de St-Cloud, etc. 10 p.

211 — de Marly et autres des environs de Paris. 23 p.

212 — de Sèvres, St-Cloud, Maisons, St-Germain-en-Laye et autres environs de Paris, anciennes et modernes. 32 p.

213 **Divers**. Kalmouck de Le Prince, Chinois, Photog., etc. 12 p.

214 Fleurs et Fruits, coloriés et noirs. Plus de 330 p,

215 Histoire Romaine, Grecque. Sainte, de France. Cahier de 4 tableaux grand in-fol. coloriés.

216 Tableaux de l'histoire des révolutions françaises de 1787 jusqu'à ce jour, in-fol.

217 **Planches de cuivre**. Portraits d'hommes (Polignac ?) au physionotrace. 2. — Balochard et sa femme, jolie petite eau-forte. 3 planches de cuivre.

218 — Gueux d'après Callot, 25 figures en pied sur 4 planches de cuivre, et un titre sur acier.

ÉCOLE DU XVIIIe SIÈCLE

219 **Architecture**. Fontaine des Muses, par *Taraval*. — Maître-autel de Saint-Jean en Grève, par *Blondel*. — Arc de triomphe, par *Vasi*. 3 p. très-grand in-fol.

220 **Bonvalet** (chez). Les Effroyables. — La Danse incroyable. 2 p. ovales in-4.

221 **Canot**. A moderate gale, d'ap. *Bakhuysen*. — A Brisk gale, d'ap. *Van der Velde*. 2 marines grand in-fol.

222 **Choffard**. Vue de la ville d'Orléans. Très-grand in-fol.

223 **Debucourt**. Les Chiens ayant perdu la trace. Très-grand in-fol., d'ap. *C. Vernet*. Marge.

224 **Fournier** (d'ap.). La Lettre désirée. Grand in-fol., par *Chaponnier*. Magnifique ép. Toute marge.

225 **Gerard** (d'ap. Mlle). Le Bouquet inattendu. Grand in-fol., par *Henri Gerard*. Magnifique ép. Toute marge.

Dervaux 13. Deschamps 2.50 Chalyer 10.

Dervaux 13. Deschamps 3.

Lind 2. Berard 9

Berard 4.

L.B

Duperray 6. L.B

Duperray 10 Dervaux 6 F.

F.

F.

F.

Berard 5.50 Lind 3 F.

P. Arbou 18 Pitchoulin 10 F.

F.

Houzard 5 F.

Pitchoulin 9 F.

Deschamp 4.50 Mat

F.

226 **Greuze** (d'ap.). Le Paralytique servi par ses enfants, par *Flipart*. Très-grand in-fol.

227 **Kauffman** (d'ap. Ang.). Hector rebuking Paris. Très-grand in-fol., par les frères *Facius*. Très-belle ép., lettre grise. Marge.

228 **Le Barbier** (d'ap.). La Lacédémonienne. Reviens avec ou dessus. — Cornélie, mère des Gracques. 2 p. très-grand in-fol., par *Avril*. Très-belles ép. Marge.

229 **Lebas**. Vue de Santvliet. — Vue de Scheve-linge. 2 p. Bords de la Mer,d'ap *Van der Neer*. In-fol.

230 — Ancien port de Messine, d'ap. *Claude Lorrain*. Très-grand in-fol. Superbe ép. Marge.

231 — Vue d'Antibes, d'ap. *J. Vernet*. Très-grand in-fol. Superbe ép. d'eau-forte pure. Marge vierge, avec dédicace autographe de *Lebas à son ami Bacheley*, 1761, rare.

232 **Le Vasseur**. Tarquin et Lucrèce. Grand in-fol., d'ap. *Peters*. Belle ép. Marge.

233 — Le Commerce, allégorie. Très-grand in-fol., d'ap. *Ch. Lemonnier*. Très-belle.

234 **Parrocel** (I. P.). Le Triomphe de Mardochée, d'ap. *de Troy*. Immense in-fol. Belle ép.

235 **Picart** (B.). Sujets tirés de l'ouvrage sur les Religions, sur le Mexique, les Incas, l'Inde, etc. 43 p.

236 **Ravenet**. Charity, d'ap. Mortimer. — Adoration des bergers, d'ap. *de Troy*. 2 p. Grand in-fol.

237 **Reynolds** (d'ap.). Cinq têtes d'Anges. In-fol. par *P. Simon*. Superbe ép. avant la lettre. Marge.

238 — Parties de l'annonce aux Bergers. 2 p. Très-grand in-fol., par les frères *Facius*. Superbes ép. avant la lettre.

239 — The Nativity. Très-grand in-fol., par les frères *Facius*. Belle ép.

240 — Un Ange sur des nuages contemplant la croix. Grand in-fol., par les frères *Facius*. Belle ép,

241 **Roettiers** (F.). Jésus tombé sous le poids de la croix. — Elévation en croix. 2 p. Très-grand in-fol., d'ap. *de Largillière*. Très-belles ép. Marge.

242 **Sherwin.** The finding of Moses. Moïse sauvé des eaux. Immense in-fol. Très-belle ép., lettre grise.

243 **Strange.** Belisarius, d'ap. *Salvator Rosa*. In-fol. superbe.

244 — Joseph and Potiphar's wife, d'ap. *Guido Reni*. In-fol.

245 **Surugue**, 1744. L'Hyver. Jolie femme avec manchon. In-4. Très-belle ép.

246 **Vernet** (d'ap. J.). Rivage près de Tivoli. Grand in-fol., par *Aliamet*. Très-belle ép. Marge.

247 **Vivares.** Paysages, d'ap. *Claude Lorrain*, et trois d'ap. *Patel*. 4 p. Grand in-fol. Très-belles ép.

Berard 15

Duperrey 4.

Pitchoutkin 30.

Houzard 5 Gaden 12

Berard 3

Lind 5 Berard 25

Duperray 12 Pitchoukin 8 F.

Lemeignen 9.50 Deschamps 3 Lap

Lemeignen 9 Deschamps 2.50 Lap

Deschamps 3 Lap

Lemeignen 16 Deschamps 2.50 Lap

Deschamps 2 Lap

Deschamps 3.50 Lap

Lemeignen 12 Deschamps 5 Lav

Deschamps 5 Milp

Legrand 12 Deschamps 1.50 Lan

Deschamps 5 Sinctelette F.

Deschamps 2 Gui

Deschamps 2 Gui

Deschamps 2 Gui

Deschamps 4 Gui

Deschamps 1 Ber

248 **Watteau** (d'ap.). Pillement d'un village par l'ennemi. — La revanche des paysans. 2 p. in-fol., par *Baron*.

249 **Vignettes**. Titres de livres, par A. Bosse, Chauveau, Le Bas, Frontispices, Armoiries. 18 p.

250 — D'ap. Eisen, Marillier, etc., Robinson, les Grâces, etc. 16 p.

251 — D'ap. Gravelot, pour divers ouvrages, 22 p.

252 — Sujets religieux, La Belle, Mallery, Costumes, etc. 34 p.

253 — Petits sujets divers. 16 p.

254 — Hollar, Callot, et modernes pour Byron, Molière, etc. 36 p.

255 — Pour les almanachs des Grâces 1780, 1790. Fleurons, Frontispices, d'ap. Marillier et d'ap. Moreau et autres. 36 p.

256 **Deveria** (d'ap.). Suite complète de 6 p. — 12 exemplaires avec la lettre et 16 défaits, dont 9 avant la lettre, et eaux-fortes ; en tout 88 p.

257 **Marillier** (d'ap.). Émile, de J.-J. Rousseau, suite complète de 8 p. in-12.

258 Contes de La Fontaine, contre-partie de ceux des Fermiers généraux, et le portrait par Macret 39 et autres, 6 ; en tout. 45 p.

259 **Vignettes** pour Béranger. Grand in-8. 17 p.

260 — D'ap. Desenne. 16 p., la plupart Chine avant la lettre.

261 — Pour les Mille et une Nuits, d'ap. Westall et autres. 19 p. La moitié avant la lettre.

262 — Pour lord Byron et autres. 40 p.

263 — Vignettes et sujets divers. 12 p.

DESSINS

264 DESSINS divers. Baigneuses, croquis à la plume. Amours, vase, ornement. 5 p.

265 DESSINS ANCIENS. Tête d'enfant à la plume. Tête de femme sanguine. 2 p. Collect. Pujol de Toulouse.

266 GUDIN (Th.). L'impératrice de Russie, d'après nature; Souvenir du cottage 1841, Dessin mine de plomb, signé. Note historique au revers.

267 — Composition pour le tableau de l'abordage du vicomte de Noailles en 1796. Croquis mine de plomb. Signé.

268 SOLERS (Philippe de). Scènes historiques, Portraits, Études, Croquis et autres divers. 23 p.

Ves Renou, Maulde et Cock, imprs de la Cie des Commissaires-Priseurs,
rue de Rivoli, 144. 3138

Deschamps 1.50

Deschamps 1.50

Hédon 3 Deschamps 2.50

Deschamps 1.50

Deschamps 3.50

770 Catalogues aff. a 10c	77 ..		2,455 50
7 Mains a 1.50	10 50		
Honoraires 10 %	245 55		
		333 05	
75 affiches colombier et afficheur		45 50	
Insertion au Moniteur des ventes		8 60	
Déclaration de vente		2 20	
Timbre du Procès verbal		3 60	
Enregistrement		65 25	
Versement en Bourse Commune		77 40	
Honoraires de Mc Delestre		77 40	
Clerc et Crieur		12 ..	
Location de la Salle 4. 1 jour		40 20	
800 Catalogues		201	
Transport a l'hotel et Commissionnaire		11 10	
Pour supplement de travail		10 ..	
		887 30	
Deduire les 5 % des acquereurs		122 80	764 50
			1691 ..

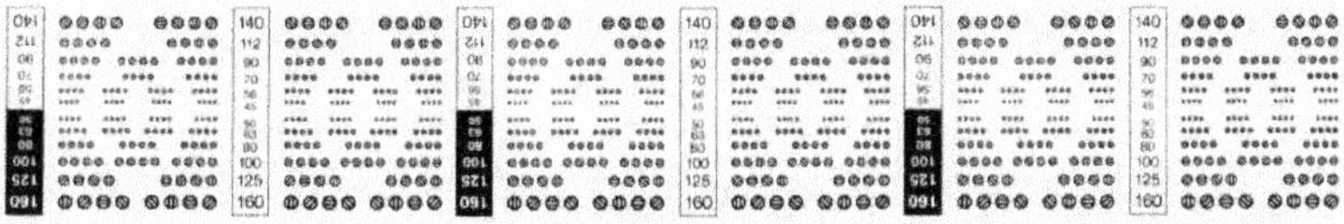

www.ingramcontent.com/pod-product-compliance
Ingram Content Group UK Ltd.
Pitfield, Milton Keynes, MK11 3LW, UK
UKHW022137260726
13993UKWH00003B/1490

9 782329 261560